LES JOYEUSES Histoires DE NOS PÈRES

VI

LES JOYEUSES

HISTOIRES

DE NOS PÈRES

VI

CORBEIL. — IMPRIMERIE B. RENAUDET.

LA BELLE COMMISSAIRE

LES JOYEUSES HISTOIRES

HISTOIRES

DE NOS PÈRES

LES JOYEUSES

HISTOIRES

DE NOS PÈRES

Mieux est de ris que de larmes écrire,
Parce que rire est le propre de l'homme.
RABELAIS

VI

LE SEAU D'EAU
QUI EN VEUT? ELLE EST BONNE ET FRAÎCHE
LES ROUERIES DE DAME SIMONE, ETC.

PARIS
CHEZ TOUS LES LIBRAIRES
M.DCCC.LXXXIV

Droits réservés

I

LE SEAU D'EAU

N jeune homme, enfant de Paris,
après avoir hanté les universités
de deçà et delà les monts, se retira
en sa ville, où il fut un temps
sans se marier, se trouvant bien à son gré
ainsi qu'il était : il n'avait point faute de telle
sorte de plaisirs qu'il souhaitait, et même de
femmes. Desquelles ayant connu les ruses
et finesses en tant de pays, et les ayant lui-
même employées à son profit et usage, il ne
se souciait pas trop d'épouser femme, crai-

gnant ce maudit et commun mal de cocuage ;
et, n'eût été l'envie qu'il avait de se voir père
et d'avoir un héritier descendant de lui, il fût
demeuré volontiers garçon perpétuel. Mais
lui, qui était homme de discours, pensa bien
qu'il fallait passer par là (je veux dire par
mariage), et qu'autant valait-il y entrer de
bonne heure qu'attendre plus tard : se pro-
posant qu'il ne faut pas se garder tant
qu'on soit usé pour prendre femme, car il n'est
rien qui ouvre la porte plus grande à cocuage
que l'impuissance du mari.

Et puis, il avait réduit en mémoire et par
écrit les ruses plus singulières que les femmes
inventent pour avoir leur plaisir. Il savait les
allées et les venues que font les vieilles par les
maisons sous prétexte de porter du fil, de la
toile, des ouvrages, des petits chiens. Il savait
comme les femmes font les malades, comme
elles vont en vendanges, comme elles parlent
à leurs amis qui viennent en masque, comme
elles s'entrefont faveur sous prétexte de pa-
renté. Et, avec cela, il avait lu Boccace. Et de

tout cela il délibérait de se faire sage, faisant ses plans en soi-même :

— Je ferai le meilleur devoir que je pourrai, pour ne porter point les cornes. Au demeurant, ce qui doit advenir adviendra.

Et, cette résolution prise, il se signa de la main droite en se recommandant à Dieu. Adonc entre les filles de Paris, dont il était à même, il en choisit une, à son gré la mieux conditionnée, du meilleur esprit et la plus accomplie. Et n'y faillit guère, car il la prit jeune, belle, riche et bien apparentée ; laquelle il épouse, et la mène en sa maison paternelle.

Or, il tenait une femme avec soi assez âgée, qui avait été sa nourrice, et qui de tout temps demeurait en la maison, appelée dame Pernette, avisée et accorte femme ; il la présente à sa jeune épouse, dès l'entrée en ménage, lui disant :

— Ma mie, je suis bien obligé à cette femme ici ; c'est ma mère nourrice. Elle a rendu de grands services à mes père et mère, et à moi après eux. Je vous la baille pour vous tenir compagnie. Elle sait du bien et de l'honneur ; vous vous en trouverez bien.

Puis, en particulier, il chargea dame Pernette de se tenir près de sa femme et de ne l'abandonner, sur les peines qu'il lui dit, et en quelque lieu qu'elle allât. Laquelle lui promit sûrement qu'elle le ferait.

Il advint qu'entre ceux qui hantaient la maison de monsieur le marié (n'attendez pas que je vous le nomme), il y avait un jeune avocat appelé le sieur de Beaufort, lequel était du pays de Berry, fréquentant le barreau pour visiter et pratiquer ce qu'il avait vu aux études : monsieur lui faisait grande familiarité et bonne chère, parce qu'ils s'étaient entrevus aux universités, et même avaient été compagnons d'armes en plusieurs factions.

Ce Beaufort n'était pas surnommé, car il était beau, adroit et de bonne grâce. Et pour cela, la dame lui faisait bon œil, et lui à elle, tant qu'en moins de rien, par fréquents messages des yeux, ils s'entre-donnèrent signe de

leurs mutuelles volontés. Or le mari, sachant
ce que c'était que vivre, ne se montrait point
jaloux, mêmement ne se défiant guère d'une
si grande jeunesse qui était en sa femme, ni
de l'honnêteté de son ami, et se contentant
de la garde que faisait dame Pernette. Beaufort, qui de son côté entendait le tour du bâton, voyant la grande privauté que lui faisait
le mari, et le gracieux accueil que lui faisait
la jeune femme, avec une affection qui lui
semblait bien plus ouverte qu'à nul autre
(comme cela était vrai), trouve aisément l'occasion, en devisant avec elle, de la conduire
au propos d'aimer, d'autant qu'elle avait été
nourrie en maison de commerce, et qu'elle
savait suivre et entretenir toutes sortes de
bons propos. A laquelle Beaufort, de fil en
aiguille, se prit à dire telles paroles :

— Madame, il est assez aisé aux dames
d'esprit et de vertu de connaitre le bon vouloir d'un serviteur, car elles ont toujours le
cœur des hommes, bien qu'elles ne le veuillent.
Pour cela, il n'est besoin de vous faire en-

tendre plus expressément l'affection et l'honneur que je porte à l'infinité de vos grâces, lesquelles sont accompagnées d'une telle gentillesse d'esprit, qu'homme n'y saurait aspirer, qui ne soit bien né, et qui n'ait le cœur en bon lieu ; car les choses précieuses ne se désirent que des gentils courages. Et bien que je sois l'un des moindres de ceux desquels vous méritez le service, je me tiens pourtant assuré que vos grandes perfections, que j'admire, seront cause d'augmenter en moi les choses qui sont requises à bien servir : car, quant au cœur, je l'ai si bon et si affectionné envers vous, qu'il est impossible de l'avoir plus. J'espère vous le montrer si évidemment, que vous ne serez jamais malcontente de m'avoir donné l'occasion de demeurer perpétuellement votre serviteur.

La jeune dame, qui était honnête et bien apprise, oyant ces propos d'affection, eût bien voulu que son intention fût aussi facile à exécuter qu'à penser. Laquelle, d'une parole féminine, assez assurée pourtant, selon son âge, lui va répondre ainsi :

— Monsieur, quand bien même j'aurais
volonté d'aimer, je n'aurais pas encore eu le
loisir de songer à faire un autre ami que celui
que j'ai épousé : lequel m'aime tant et me
traite si bien, qu'il me garde de penser en
autre qu'en lui. Davantage, quand la fortune
devrait venir sur moi pour mettre mon cœur
en deux parts, j'estime tant de votre vertu et
de votre bon cœur, que vous ne voudriez être la
première cause de me faire faire chose qui fût à
mon désavantage. Quant aux grâces que vous
m'attribuez, je laisse cela à part, ne les recon-
naissant point en moi, et les rends au lieu
d'où elles viennent, c'est-à-dire à vous. Mais,
pour mes autres défenses, voudriez-vous bien
faire ce tort à celui qui se fie tant en vous, qui
vous fait si bonne chère ? Il me semble qu'un
cœur si noble que le vôtre ne saurait donner
lieu à une telle intention que celle-là. Et puis,
vous voyez les incommodités assez grandes
pour vous divertir d'une telle entreprise, quand
vous l'auriez. Je suis toujours accompagnée

d'une garde, laquelle, quand je voudrais faire
mal, tient l'œil sur moi si constamment que
je ne lui saurais rien dérober.

Beaufort se tint bien aise quand il ouït cette
réponse, et principalement quand il sentit
que la dame se fondait sur des raisons dont
les premières étaient un peu fortes, mais que
par les dernières la jeune dame les rabattait
elle-même.

Beaufort répondit sommairement :

— Les trois points que vous m'alléguez,
Madame, je les avais bien prévus et pour-
pensés ; mais vous savez que les deux pre-
miers dépendent de votre bonne volonté, et
le troisième gît en diligence et bons avis. Car,
quant au premier, puisque l'amour est une
vertu, laquelle cherche les esprits de gentille
nature, il vous faut penser que quelque jour
vous aimerez tôt ou tard ; laquelle chose devant être, mieux vaut que de bonne heure
vous receviez le service de celui qui vous
aime comme sa propre vie. Quant au second,
c'est un point qui a été vidé depuis longtemps :

il n'y a point de plus grand signe que deux
cœurs soient bien d'accord, sinon quand ils
aiment une même chose. Quant au troisième,
vous savez, Madame, qu'à cœur vaillant rien
n'est impossible.

Pour abréger, Beaufort lui conta si honnêtement son cas, qu'honnêtement elle ne l'eût
su refuser. Et les affaires en restèrent à un
tel point que la jeune dame fut vaincue d'une
force volontaire, de sorte qu'il ne restait plus
qu'à trouver quelque bonne opportunité de
mettre leur entreprise à exécution. Ils avisè-
rent des moyens uns et autres, mais quand
venait le temps de les employer, dame Pernette gâtait tout. Toutefois, Beaufort s'ingénia
tant qu'il avisa une finesse qui lui sembla
bonne.

Il se découvrit à un sien ami, jeune homme
marchand de draps de soie, et encore non
marié, demeurant en une maison que son
père lui avait naguère laissée au bout du pont
Notre-Dame. Un jour de Toussaint, la jeune
femme, que le dieu des amours conduisait,

partit de sa maison sur l'heure du sermon pour aller ouïr un docteur qui prêchait à Saint-Jehan en Grève, et qui avait grande paresse; et le mari demeura en sa maison pour quelque sienne affaire. Ainsi que la dame passait par devant la maison du sire Henry (ainsi s'appelait le marchand), voici qu'il lui fut jeté (selon que le mystère avait été dressé un plein seau d'eau, qui lui couvrit toute la personne, et fut jeté si à point que tous ceux qui le virent crurent bien que ce fût par inconvénient.

— Hélas! dit-elle, dame Pernette, je suis salie!

— Et que ferai-je?

— Ma mie, courez vite me quérir ma robe fourrée d'agneau frisé; je vous attendrai ic. chez le sire Henry.

La vieille y va, et la jeune dame monte en haut, où elle trouva un fort beau feu que son ami lui avait fait apprêter: lequel ne lui donna pas le loisir de se devêtir; il la jette sur un lit qui était là auprès du feu, là où vous pensez bien qu'ils ne perdirent point de

temps, et eurent assez loisir de bien faire avant
que la vieille fût allée et venue, et pris robe et
tous autres accoutrements.

Le mari, qui était à la maison, entendit que
dame Pernette était en la chambre de devant,
laquelle faisait son affaire sans lui en dire rien,
de peur qu'il se fâchât d'aventure. Il vient et
trouve la bonne Pernette, et commence à lui
dire :

— Que faites-vous ici? Où est ma femme?

Dame Pernette lui conte ce qui lui était
advenu, et qu'elle était venue quérir des ha-
billements pour elle.

— Oh de par Dieu ! dit-il en pestant, voilà
un tour de finesse qui n'était point encore en
mon papier ; je les savais tous, fors celui-là
je suis bien accoutré ! il ne faut qu'une méchante heure pour faire un homme cocu !
Allez-vous-en à elle, de par le diable ! et je
lui renverrai le reste par le garçon.

Dame Pernette y va, mais il n'était plus
temps, car Beaufort avait fait une partie de
ses affaires. Il se sauva par une porte de der-

rière, selon l'avertissement qu'il eut par
celui qui faisait le guet pour voir venir dame
Pernette : laquelle, quand elle fut venue, n'y
connut rien ; car, bien que la jeune dame fût
un petit en couleur, elle pensa que ce fût de
la chaleur du feu. Aussi était-ce, mais c'était
d'un feu qui ne s'éteint pas par l'eau de la
rivière.

BONAVENTURE DESPÉRIERS.

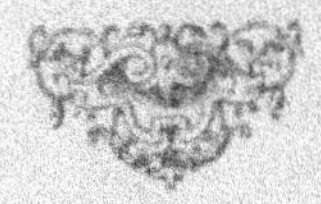

II

QUI EN VEUT ?

ELLE EST BONNE ET FRAICHE !

Un homme, nommé Zambelle, ayant hérité de tout le bien de feu son père, résolut de bien ordonner ses affaires et d'enrichir sa maison. Il appela sa femme Léne, l'attira à soi, lui donna un baiser, puis lui dit :

— Nous avons maintenant du bien pour sustenter notre corps autant qu'il nous en faut, et nous ne passerons plus notre vie avec peine et travail. Veux-tu que nous pratiquions ensemble le trafic de marchandise ? j'irai tous les jours à la ville trafiquer, et toi, pendant ce temps, avec ton fuseau et ta quenouille, tu fileras à la maison. J'espère qu'en peu de temps nous deviendrons riches, et je ne me soucie beaucoup si je porte des cornes. Il faut mettre tout en œuvre pour gagner.

Lène lui répond :

— Je ferai tout cela volontiers. Ne sais-tu pas que notre voisine Berthe m'a voulu battre avec un gros bâton? Je ne saurais mettre en en oubli telle offense. Mon cher mari, je vous prie qu'avant tout vous me veuilliez ôter de cet ennui : fais que la vengeance se fasse de cette vache. On ne t'estimera un cheval, si tu laisses ainsi notre honneur.

Zambelle lui répond :

— Tu as raison, ma Lène, Berthe a toujours été ennemie de nos épaules : il la faut incaguer, et à plein ventre.

Et, là-dessus, ils machinent une grande entreprise avec laquelle, ô chose merveilleuse, ils puissent faire une grande vergogne à

Berthe. Ils se levaient de nuit, à cinq heures, et tous deux allaient décharger leur ventre devant la porte de Berthe.

Berthe, se levant de son lit de bon matin, trouvait sur le seuil de la porte ces belles cailles lombardes. Mais le rusé Cingar, son ami, se douta bien incontinent que c'était là une des prouesses de Zambelle. Que fait le compagnon ? Il s'arme l'estomac de bon vin, et tous les jours il va enlever cette bonne marchandise, laquelle il garde dans un pot jusqu'à ce qu'il soit plein. Berthe s'étonnait de cette réserve, et lui demandait ce qu'il voulait en faire. Mais Cingar, sachant qu'une femme n'a jamais de fonds :

— Tu en connaîtras, dit-il, un de ces matins, la cause.

Sur cette bonne drogue, il verse une potée de doux miel, afin qu'on estimât que tout ce qui était au pot fût de même. Il le charge sur son épaule en bissac et s'en va vers la ville en habit déguisé : car, autrement, il n'était que trop connu. En s'acheminant, il aperçoit

Zambelle ; soudain l'appelle et se déclare à lui, disant qui il était.

— O Zambelle, dit-il, ô mon ami Zambelle, attends, je te prie : tu ne me connais pas. Je suis ton bon compagnon Cingar, qui t'ai porté, qui te porte, et qui te porterai toujours bonne amitié. Comment vas-tu ? comment se porte Lène ta femme? Touche là ta main : tu me sembles gaillard, et ton visage montre une bonne chère.

— Je suis, dit Zambelle, sain, gaillard, et Lène assez saine, et non moins gaillarde. Mais dis-moi, que portes-tu en ce bissac? Veux-tu que je t'aide ? Je le porterai volontiers pour te faire plaisir.

Lors Cingar, feignant être las, lui dit :

— Aide-moi donc, aide-moi donc, je te prie, à mettre bas ce fardeau.

Zambelle, y mettant la main, le décharge, et lui demanda ce qu'il y avait dedans. Mais Cingar, encore qu'aucune sueur ne fût sur son front, ne se lassait pas de s'essuyer avec son mouchoir, faisant bien le lassé, et lui répondit,

comme découvrant un secret à son compagnon :

— Veux-tu, mon cher Zambelle, que je te
dise la vérité d'une chose que, peut-être, tu
croiras être fausse ? Eh bien, Berthe te re-
mercie avec tous les remerciements possibles ;
elle pensait ci-devant que tu lui fusses en-
nemi ; mais depuis, elle a connu par expé-
rience que tu lui es ami, et voici en ce vase
tout ce que vous avez lâché toutes les nuits
devant sa porte, et j'espère aujourd'hui en
faire de bon argent.

Zambelle, étonné :

— Que dis-tu, mon ami ? Pourras-tu bien
exposer ma fiente en vente sur une boutique ?
Tu me ferais bien chevroter, si tu pouvais me
faire accroire que tu peux vendre ce qui sort
de mon ventre.

Cingar lui répond :

— Pourquoi non ? D'ailleurs, la preuve ju-
gera tout.

En disant ces mots, il tire un petit bâton,
qui bouchait un trou, lequel était au bas du

vase, et soudain sort une claire matière, qui les prend au nez.

— Sens-tu, dit Cingar, l'eau rose et l'ambre de chien?

Zambelle, bouchant son nez, commence à crier :

— O sangsue ! Qu'est-ce que cela ? bouche le trou, Cingar, je te prie. Ha ! c'est de la m....., qui pue trop. Mais quel est l'étourdi qui ait l'entendement assez grossier pour vouloir bailler un méchant chétif denier faux en échange de telle marchandise ?

Cingar lui dit :

— Viens avec moi, tu verras le profit que j'en ferai. Toutefois, te souvienne de ne découvrir ce secret à personne.

Puis, haussant le vase, il le met sur l'épaule de Zambelle, et, marchant devant, il ne se pouvait tenir de rire. Ils arrivent à la place du marché. Cingar, sans faire semblant de rien, amène Zambelle devant la boutique d'un apothicaire, et, le laissant dehors, il entre dedans, demandant en ces mots à cet apothicaire :

— O maître, voulez-vous acheter m…. de
mouches à miel?

Zambelle n'ouït que ce mot de m…., et non
de mouches, et il fut bien étonné, entendant
qu'on faisait trafic de telle noble marchandise.
L'apothicaire se prit incontinent à rire de
cette nouvelle appellation, et jugeait que le
vendeur devait être quelque bon bouffon, qui
appelait ainsi la m…. du miel; et soudain
mit le doigt dedans le dessus du pot, pour
tâter s'il était bon comme telles gens ont ac-
coutumé, et ne touchant qu'au miel, qui cou-
vrait ce qui était de plus précieux au fond, et
le trouvant fort doux, ne pensa plus que ce
fût quelque piperie. Ils font prix ensemble, et
Cingar en tira de bons écus trébuchants, et
néanmoins ce bon farceur se plaignait de
laisser sa marchandise pour si petit prix. L'a-
pothicaire voulait vider le vase de Cingar dedans le sien pour le lui rendre, ce qui eût découvert toute la fourbe. Cingar, craignant
cela:

— O maître, ne vous hâtez point pour cette

heure, retenez mon baril, je viendrai tantôt :
e vais acheter de petites choses dont j'ai besoin, puis je reprendrai mon vase en passant.

Il appelle Zambelle et ils s'en vont bien
vite, laissant là leur apothicaire bien garni et
bien trompé. Là-dessus, Zambelle se propose
beaucoup de choses en l'esprit et médite de
faire trafic de telles puanteurs ; et, étant de re-
tour chez lui, va le long des rues amasser un
grand plein baril de cette fine drogue, et le
chargeant un jour sur son épaule, trotte à la
ville, droit à la place, et s'en va le long d'i-
celle par les boutiques, criant :

— J'apporte de la m.... à vendre. Qui en
veut ? Je le demande en vérité, car elle est
bonne et fraîche.

Si chacun riait de cette sottise, vous le
pouvez croire. Mais un malheur suivait le
pauvre Zambelle. Car, se promenant avec sa
marchandise, il arriva devant la boutique de
cet apothicaire embrené que Cingar avait si
bien pipé. Aussitôt qu'icelui aperçut Zam-

belle avec son fardeau, laissant là son pilon,
il prend un gros bâton, et allant pas à pas
après le bonhomme, crachant en ses mains
pour mieux tenir son bâton, donne un si
grand coup sur ce baril, qu'il le défonce, et
fait voler les cercles. Tout le bran s'écoule
partout sur le vilain, au visage, au devant, sur
le derrière, étant tout couvert de ce brouet in-
testinal. Le compagnon court tant qu'il peut
deçà et delà.

— Hà, disait-il, mes épaules ! Hà, mon
dos ! Hà, mes rognons !

L'apothicaire, ne lui laissant prendre ha-
leine, le poursuit. L'autre se jette en une boutique, tantôt en une autre, implorant secours
et aide : mais chacun le chasse pour la puanteur qui était sur lui, et pas un ne lui donne
secours. Les enfants courent après lui, lui jet-
tent des pierres, de la boue, et telle vilénie.
Les bonnetiers accourent, toujours prêts à
railler. Les dames mettent la tête à la fenêtre. Le prévôt y arrive avec ses sergents, et
avec une voix forte demande quelle rumeur

c'était. L'apothicaire, devant le peuple, accuse
Zambelle, de ce qu'il lui avait vendu de la m…
sous couverture de miel. Zambelle, pleurant,
le nie et veut montrer que c'est une menterie,
braille et s'écrie fort et ferme :

— Je ne suis pas celui-là, dit-il : Monsieur,
ça été Cingar, le pendard, comme on l'appelle !

Le prévôt, sentant et voyant la puanteur
qui était encore sur cet homme, le fait prendre
et lui fait lier les mains derrière le cul, et
l'envoie en la prison commune.

Cingar, ayant entendu ce fait, aussitôt,
comme un rusé paillard, s'en va trouver
Léne, femme de Zambelle, en sa maison. Il la
trouve assise sur une botte de paille, fort en
colère, et soutenant sa tête dedans la paume
de sa main, et pleurant amèrement : car elle
avait déjà entendu la prise de son mari, et ne
savait quel parti ni moyen prendre, et n'avait
aucun conseil pour tirer son mari de là. Cingar, soupirant, entre, et avec son mouchoir
essuyait ses yeux qu'il avait auparavant

mouillés de sa salive : il fait semblant de pleurer l'infortune de Zambelle son bon compagnon, et la réconforte autant qu'eût pu faire un sien frère, et usait envers elle de paroles plus douces que sucre. Elle se frappait les mains, elle arrachait ses cheveux, la pauvre sotte! et elle implorait à mains jointes l'aide de Cingar. Mais Cingar, en pleurant, lui dit :

— Ma mie, ma sœur, que voulez-vous davantage de moi? Il n'y a aucune espérance. Toutefois, afin que vous connaissiez, et avec vous toute la ville, combien je vous estime, vous, Zambelle et tous les vôtres, je m'efforcerai de vous rendre votre bon homme. Mais l'ordonnance rigoureuse du palais rend la chose bien difficile, parce qu'elle veut qu'aucun ne sorte de prison, que premièrement il n'apparaisse que sa bourse est vidée : c'est la pratique de messieurs les juges, mais plutôt des larrons. Pourtant, je vous fais offre de ma bourse et de moi-même afin que plus promptement nous tirions Zambelle de là où il est.

Aussi, si vous avez quelque argent, il faut le débourser, car avec votre argent et le mien, ne doutez point que nous ne le garantissions du gibet, nonobstant le bruit qui court qu'on doive le faire mourir.

Lène, ajoutant encore plus de foi à telles paroles, redouble ses plaintes, prend son trésor (qui était de quelques carolus qu'elle gardait en un panier), et le présente à Cingar qui aussitôt le serre sans compter, promettant sous serment qu'il dépenserait tout, même son propre sang, pour tirer Zambelle hors du danger de la potence.

Aussitôt, il va à la ville, et de propos délibéré passe par devant la boutique de son apothicaire, qui avait acheté de lui une si précieuse marchandise, et qui pour cette cause avait fait mettre Zambelle en prison. Celui-ci, ayant aperçu Cingar, ne manque de sortir soudain en la rue, et, le poursuivant, s'écrie contre lui de loin :

— Demeure, pendard, demeure, bourreau ! rends-moi mon argent, larron ! tu m'as vendu de la m... pour du miel, coquin !

Cingar, qui ouït cette clameur après soi, s'avança et appela les plus proches à témoin :

— N'entendez-vous pas ce que celui-ci dit ? Je vous prie de vous en souvenir ; vous en serez témoins, s'il vous plaît, mes frères. Ce larron-ci, et trompeur, confesse n'avoir pas acheté de Zambelle cette m..., dont il se plaint, pourquoi donc Zambelle est-il prisonnier ? Penses-tu, traître, prendre ainsi au trébuchet un bonhomme ? Mais j'ai trop tenu couvertes tes méchancetés. Ne sais-je pas bien que tu as falsifié tes poids et mesures ? Ne vends-tu pas, méchant, des crottes de chien et de chèvre, au lieu de pilules ? Au lieu de bonnes drogues, tu n'en vends que des méchantes.

Une peur chiarde prend incontinent l'apothicaire et, plus vite que sa scammonée n'opère en un paysan, il ne sait ce qu'il doit faire. Il appelle Cingar à trois fois ; enfin Cingar se tourne et lui demande ce qu'il veut :

— Hé quoi ! mon compagnon, mon ami, que pensez-vous gagner, quand vous m'aurez fait perdre mon bien et ma vie ? Je vous donnerai quelque argent, et ne poursuivrai plus le paysan bouchant sa m.... couverte de miel ; au contraire, je te jure et promets que je le ferai sortir de prison.

Cingar lui répond :

— Certes, tu t'es échappé d'un grand péril ; car, de droit, tu eusses perdu toute ta boutique, et peut-être que le juge t'eût condamné à mort. Je te remets toutefois cette faute, moyennant que tu gardes la promesse que tu me viens de faire et qu'à tes dépens tu tires le bonhomme de prison.

Ce qui fut fait. Et quand Zambelle revint chez lui, sa bonne femme le reçut avec un gros bâton, avec lequel elle lui affermit les coutures de son casaquin ; car elle était furieuse d'avoir entièrement épuisé sa bourse.

MERLIN COCCAIE.

III

LES ROUERIES DE DAME SIMONE

Il y eut autrefois à Florence un très riche négociant, nommé Henriet Berlinguier, entiché, comme c'est l'ordinaire des gens de sa profession, de la manie de s'ennoblir par le mariage. Il épousa, dans cette vue, une femme de condition, nommée madame Simone, qui n'était pas du tout son fait. Comme son commerce l'obligeait à faire de temps en temps des absences, sa femme, qui n'aimait à chômer, devint amoureuse d'un jeune homme nommé

Robert, qui lui avait fait sa cour avant qu'elle
ne se mariât. Elle agit avec si peu de précaution, que son intrigue parvint aux oreilles de
son mari, soit sur le rapport des voisins, soit
d'après ses propres observations. Dès ce moment, il devint le plus jaloux de tous les
hommes.

Il ne s'absentait plus, sortait rarement de la
maison, et négligeait presque toutes ses affaires pour ne s'occuper que du soin de garder
sa femme ; bref, il portait la vigilance si loin
qu'il ne se mettait jamais au lit qu'elle ne fût
couchée ou endormie.

Dieu sait si madame Simone devait enrager
d'une pareille contrainte, qui la mettait dans
l'impossibilité de voir son amant. Elle ne put
cependant se déterminer à l'oublier. Plus elle
se trouvait gênée, plus elle désirait de le recevoir. Elle en cherchait continuellement les
moyens ; et, après y avoir bien rêvé, elle
crut en avoir trouvé un infaillible.

Le voici :

La fenêtre de sa chambre donnait sur la

route. Elle avait remarqué que son mari s'endormait difficilement, mais qu'une fois endormi, son sommeil était profond. D'après cette observation, elle pensa qu'elle pourrait quelquefois, vers minuit, aller ouvrir la porte à Robert et passer quelques heureux moments avec lui sans qu'on s'en doutât. Il ne s'agissait que de trouver un expédient pour être avertie de son arrivée, afin de ne pas le faire attendre à la porte où il pouvait être aperçu.

L'amour, qui rend l'esprit inventif, lui en fournit un bien singulier. Elle imagina de pendre un fil à la fenêtre, qui, en passant le long du plancher, pour le soustraire à la vue de son mari, aboutirait à son lit. Elle en prévint son amant, et lui fit dire qu'elle l'attacherait tous les soirs, en se couchant, au gros doigt d'un de ses pieds, et qu'il n'aurait qu'à le tirer pour l'avertir qu'il était à la porte. Il fut convenu que, si le jaloux était endormi, elle lâcherait le bout de fil et qu'elle irait aussitôt lui ouvrir la porte, et que, s'il ne l'était pas, elle le retirerait un peu vers elle.

pour qu'il n'eût pas la peine d'attendre inuti-
lement.

L'invention parut fort bonne à Robert, qui
allait régulièrement toutes les nuits, à l'heure
convenue, sous la fenêtre de sa maîtresse. Par
ce moyen, il avait quelquefois le plaisir de la
voir et quelquefois la douleur de s'en retourner
comme il était venu. Ce manège durait depuis
plusieurs mois, lorsqu'une nuit le mari ren-
contra par hasard le fil en se promenant les
pieds dans le lit ; il y porta la main, et, le
trouvant attaché à l'orteil de sa femme, il ne
douta pas qu'il y eût du mystère.

Pour être mieux éclairci, il crut devoir ne
rien précipiter. C'est pourquoi il le détacha
tout doucement du pied de sa femme et le mit
au sien pour voir ce qui arriverait. A peine
l'y eut-il attaché que Robert, arrivé au rendez-vous, se mit à le tirer. Le mari le sentit ;
mais soit qu'il ne fût pas bien noué, soit que le
galant eût tiré trop fort, il coula dans les
mains de celui-ci, qui jugea par ce signe qu'il
devait attendre. Le mari, transporté par son

humeur jalouse, s'habille à la hâte, s'arme de son épée et descend incontinent à la rue, dans le dessein d'égorger tout ce qu'il rencontrerait. Robert, voyant qu'on ouvrait la porte avec bruit, et sans aucune précaution, soupçonne que ce ne pouvait être que le mari et recule de quelques pas. Il ne douta plus lorsqu'il le vit prendre aussitôt la fuite. Henriet, qui ne manquait pas de courage, quoique de race roturière, courut après lui l'épée à la main. Robert, se voyant toujours poursuivi, tire la sienne et se met en garde; ils se battent et se chamaillent longtemps sans se faire aucun mal.

Madame Simone, qui s'était éveillée au bruit qu'avait fait son mari en ouvrant la porte de la chambre, trouvant le fil coupé, comprit que son intrigue était découverte, et jugea que son mari avait couru après son amant. Ne sachant trop comment se tirer d'un si mauvais pas, elle se lève en diligence, et, prévoyant ce qui devait arriver, elle imagine tout à coup un moyen pour se disculper.

Elle appelle sa servante, qui était sa confidente et qui lui rendait tous les services qui dépendaient d'elle : elle fait si bien par ses prières et ses sollicitations, qu'elle l'engage à se mettre à sa place dans son lit, et à souffrir patiemment, sans se faire connaître, les coups que son mari pourrait lui donner, avec promesse de l'en récompenser si bien qu'elle aurait de quoi vivre sans travailler. Cela fait, elle éteignit la lampe que le mari, par jalousie, gardait allumée toute la nuit, et alla se cacher en attendant le dénouement de la comédie.

Les voisins, éveillés par le bruit que faisaient dans la rue Henriet et Robert, se mirent aux fenêtres et leur dirent des injures. L'un et l'autre, craignant d'être reconnus, se séparèrent fort fatigués, sans s'être fait la moindre blessure. Le mari, furieux de n'avoir pu ni tuer ni reconnaître son adversaire, n'eut pas plus tôt mis le pied dans sa chambre, qu'il crie comme un enragé :

— Où es-tu, scélérate ? Tu as eu beau

éteindre la lumière, tu n'échapperas pas à mon juste courroux !

Il s'approche du lit et, croyant se jeter sur la coupable, il assomme de coups la pauvre servante, lui meurtrit les épaules, la tête, le visage, et finit par lui couper les cheveux, lui disant des injures que l'honnêteté ne me permet pas de répéter. Cette misérable fille pleurait de tout son cœur, et quoique la douleur lui arrachât de temps en temps cette exclamation : Hélas ! je n'en puis plus ! sa voix était si entremêlée de sanglots, et le jaloux si transporté, qu'il ne reconnut pas son erreur. Enfin, las de la battre et de l'injurier :

— Infâme, lui dit-il, en se retirant, ne pense pas qu'après une action de cette nature je te garde davantage chez moi. Je vais tout conter à tes frères et les prier de te venir prendre. Ils feront de toi ce qu'ils jugeront à propos. Pour moi, j'y renonce pour la vie.

Il ne fut pas plus tôt dehors, que Simone, qui avait tout entendu, rallume la lampe et trouve la servante dans l'état le plus déplo-

rable. Elle la consola de son mieux, la recon-
duisit dans sa chambre, où elle lui donna tout
ce qui était capable de la soulager, en attendant qu'elle pût la faire traiter en cachette par
les médecins, et elle la récompensa si grasse-
ment, qu'elle se fût laissée battre encore une
fois au même prix. Après avoir donné les
soins nécessaires à cette pauvre créature, elle
retourne dans sa chambre, refait son lit à la
hâte, s'habille fort proprement, va s'asseoir
au haut de l'escalier, et là se met à coudre
avec autant de tranquillité que s'il ne se fût
rien passé.

Cependant Henriet arrive à la maison des
frères de sa femme. Il heurte avec force ; on
lui ouvre, et, à sa voix, les trois frères et leur
mère se lèvent, et lui demandent le sujet de
son arrivée à une heure aussi indue. Il leur
conte l'aventure d'un bout à l'autre ; et, pour
leur faire croire qu'il ne leur disait rien que de
vrai, il leur montre les cheveux qu'il croyait
avoir coupés à sa femme, les priant de l'aller
prendre, et leur déclarant qu'il ne voulait plus

vivre avec elle. Les frères, outrés de ce qu'ils venaient d'entendre, qu'ils ne croyaient que trop véritable, font allumer des torches et se mettent en chemin pour aller trouver leur sœur, dans la ferme résolution de lui faire un mauvais parti. Leur mère, qui pleurait à chaudes larmes, voulut les suivre, priant tantôt l'un, tantôt l'autre, d'examiner la chose par eux-mêmes, faisant entendre que la jalousie d'Henriet pouvait lui avoir grossi les objets.

—Qui sait s'il n'a pas maltraité sa femme pour quelque autre motif, et s'il ne voudrait pas se justifier aux dépens de son honneur ? Je connais les jaloux : tout leur paraît criminel, et les démarches les plus innocentes sont à leurs yeux autant d'infidélités. Je connais ma fille mieux que personne, puisque c'est moi qui l'ai nourrie et élevée ; elle est incapable de ce dont son mari l'accuse, et vous ne devez point, mes enfants, vous en rapporter à son seul témoignage. Défiez-vous d'un mari possédé du démon de la jalousie, et ne con-

damnez votre sœur qu'après avoir bien examiné toutes choses : vous verrez qu'il y a ici
du plus et du moins.

Aussitôt que madame Simone entendit la
troupe qui montait, elle se mit à crier :

— Qui est-ce ?

— Tu le sauras bientôt, répondit un de ses
frères d'un ton menaçant.

— Mon Dieu ! s'écria-t-elle, que veut dire
ceci ? Bonsoir, mes frères, dit-elle ensuite, en
les voyant paraître. Serait-il arrivé quelque
malheur, pour venir ici à l'heure qu'il est ?

Les frères, surpris de la trouver si tranquille et dans son état ordinaire, modérèrent
leur colère, et l'interrogèrent sur les plaintes
de son mari, l'exhortant de leur dire vrai, si
elle ne veut s'exposer à un mauvais traitement de leur part.

— Je ne sais en vérité ce que vous voulez
dire, répondit-elle avec un grand sang-froid,
et j'ai de la peine à croire que mon mari se
plaigne de moi.

Berlinguier, qui croyait lui avoir défiguré le

visage à coups de poing, la regardait dans l'at-
titude d'un homme ébahi et qui a perdu la raison. Il ne savait que dire ni que penser, la
voyant dans un état à lui persuader qu'il ne
l'avait seulement pas touchée. Les trois frères,
non moins étonnés, lui ayant conté ce que
son mari leur avait conté, sans oublier le fil,
ni les coups dont il prétendait l'avoir assommée :

— Est-il possible, dit-elle à son mari, que
vous trouviez du plaisir à vous forger des chi-
mères pour me déshonorer en vous déshono-
rant vous-même ? ou bien auriez-vous résolu
de vous faire regarder comme un homme méchant et cruel, tandis que vous ne l'êtes pas ?
A quelle heure, je vous prie, avez-vous paru
depuis hier au matin, je ne dis pas devant moi,
mais dans la maison ? Quand est-ce que vous
m'avez battue ? Pour moi, je ne m'en souviens pas.

— Comment, méchante femme, dit alors le
mari, tu ne te souviens pas que nous nous
sommes couchés ensemble hier au soir ? Ne

suis-je pas rentré après avoir poursuivi ton galant ? Ne t'ai-je point assommée de coups au point de te faire crier miséricorde ? Ne t'ai-je pas coupé les cheveux ?

— Mais vous rêvez, mon pauvre mari ; vous n'avez rien fait de tout ce que vous me dites là, et, sans recourir à cent preuves que je pourrais en donner, je vous prie, et prie tous ceux qui sont ici, d'examiner si je porte sur mon visage et sur mon corps la moindre marque des coups dont vous prétendez m'avoir rouée. Je ne crois pas que vous fussiez jamais assez hardi pour mettre la main sur moi. Ce n'est pas ainsi qu'on en use avec les femmes de ma qualité ; et si vous aviez eu l'audace de l'entreprendre, vous ne pouvez douter que je vous eusse dévisagé. Mais, pour achever de vous confondre, je veux bien vous prouver que vous ne m'avez point coupé les cheveux.

Là-dessus elle ôte sa coiffe et montre sa chevelure dans son entier.

La mère et les frères de madame Simone

tournèrent alors tout leur ressentiment sur Henriet :

— Que signifie tout ceci ? lui dirent-ils ; ce n'est pas ce que vous êtes venu nous conter. Vous voilà confondu presque en tout point ; il n'y a pas d'apparence que vous puissiez vous tirer guère mieux du reste.

Henriet était si déconcerté de ce qu'il voyait, que plus il voulait parler, plus il s'embrouillait : il ne savait qu'opposer aux raisons de sa femme.

La belle, profitant de son embarras :

— Je vois bien, dit-elle à ses frères, qu'il m'a obligé à vous faire le détail de sa vie débauchée. Je suis très persuadée qu'il a fait tout ce qu'il a dit ; mais voici comment je l'entends. Vous saurez que cet homme auquel vous m'avez mariée pour mon malheur, qui se dit marchand, qui veut passer pour tel, et qui, par là même, devrait être plus modeste qu'un religieux et plus décent qu'une jeune fille, vous saurez, dis-je, qu'il ne passe pas de jour sans s'enivrer ; qu'en sortant de la taverne, il court

chez les filles de joie, tantôt chez l'une, tantôt
chez l'autre, et me fait veiller jusqu'à minuit,
et quelquefois jusqu'au matin, pour l'attendre,
comme vous le voyez aujourd'hui. Je pense
qu'étant ivre, il aura couché chez une de ses
maîtresses en titre, auprès de laquelle il aura
trouvé le fil dont il vous a parlé ; qu'il aura
poursuivi quelque rival ; que, n'ayant pu l'im-
moler à sa jalousie, il sera retourné sur ses
pas, et aura déchargé sa colère sur la pros-
tituée qu'il entretient et à laquelle il a coupé
les cheveux ; j'imagine que, n'ayant pas encore
cuvé son vin, il a cru sans doute avoir fait
tout cela chez lui et à sa femme. Mais, quelque injuste qu'il se soit montré à mon égard, je
vous prie de lui pardonner comme je lui par-
donne, et de le traiter comme un fou. Le mé-
pris est la punition qu'il mérite.

— Par la foi de Dieu, ma fille, s'écrie alors
la mère de madame Simone, les choses de
cette nature peuvent-elles se pardonner ? on
devrait éventrer ce malheureux, cet infâme
que nous avons tiré de la poussière, et qui ne

mériterait pas une femme telle que toi. Le barbare ! tu n'es pas faite pour être victime de la mauvaise humeur et des vices d'un marchand de poires cuites. Ces sortes de gens, venus du village en sabots, n'ont pas plus tôt gagné trois sous. qu'ils veulent s'allier aux plus illustres maisons. Si vos frères m'en avaient voulu croire, vous auriez été mariée à un des enfants de la famille du comte de Gui, et vous n'auriez jamais épousé ce faquin. Si l'on voulait m'en croire, on le traiterait de manière à le mettre dans l'impossibilité de te manquer une seconde fois. Mes enfants, continua-t-elle, je vous le disais bien que votre sœur ne pouvait être coupable. A votre place, j'étoufferais sur l'heure ce petit marchand, et je croirais faire une bonne œuvre.

Les frères, non moins irrités que leur mère, mais moins violents, se contentèrent d'accabler Berlinguier d'injures et de menaces. Ils finirent par lui dire qu'ils lui pardonnaient pour cette fois, mais que, s'il lui arrivait jamais de dire du mal de sa femme, ils lui feraient passer un mauvais quart d'heure. Puis ils se retirèrent.

Henriet demeura tout stupéfait. Dès ce jour il laissa toute liberté à sa femme sans s'inquiéter de sa conduite. Madame Simone fut assez prudente pour ne plus s'exposer à un pareil danger, c'est-à-dire qu'elle profita de la liberté que lui laissait son mari pour recevoir son amant et faire tout ce qui lui plairait de manière à ne plus donner prise contre elle.

BOCCACE.

IV

LA BELLE COMMISSAIRE

OU

L'AMOUR PHYSIQUE

UNE belle brune, d'environ vingt-six ans, d'un tempérament vigou-reux, était malade dangereusement toutes les années. La situation où se trouvait annuellement Blanche-Julie Bonlo était causée par des vapeurs, nommées hysté-riques par les médecins. On la croyait, et elle se croyait elle-même attaquée d'une espèce de maladie affreuse, et c'est ce qui l'avait empê-chée de se marier.

Un commissaire en devint éperdument

amoureux et la demanda. La mère de la demoiselle lui fit ses observations : l'amant, qui connaissait parfaitement Blanche, comme on va le voir, savait la vraie cause de sa maladie.

— Je vous réponds de guérir mademoiselle votre fille, quand elle sera ma femme, dit-il à la mère : ainsi, la seule chose à faire est de la déterminer à me donner sa main.

Madame Bonlo ne demandait pas mieux ; elle seconda le commissaire, et ils parvinrent à décider Blanche-Julie.

Mais, avant d'aller plus loin, il faut dire comment le commissaire avait autrefois connu sa future.

Dans le temps qu'il était au collége, il avait un condisciple, dont il était fort aimé, qui s'appelait Blanc-Julien. Ils étaient toujours ensemble, en classe, aux jeux de la cour du collége, à la promenade.

Une nuit, il arriva que le voisin à gauche du lit de Blanc-Julien, fut subitement attaqué d'une maladie contagieuse : le maître de quar-

tier jugea convenable de mettre un peu d'in-
tervalle entre le malade, et ceux qui se por-
taient bien : Blanc-Julien sortit de son lit et se
mit dans celui du jeune Aumaire, son voisin
et son ami. Comme ils n'étaient pas accou-
tumés à coucher deux, ils dormirent peu et se
caressèrent beaucoup. Blanc-Julien embrassait
Aumaire, qui le lui rendit par reconnaissance.
Le dernier avait alors seize ans, et Blanc-Julien en paraissait quatorze, quoiqu'il dit avoir
le même âge que son camarade. Dans les
mouvements qu'ils se donnaient, Aumaire
s'aperçut que son condisciple était une fille.

A cette découverte, le jeune homme devint
tremblant de surprise, de joie, de désir, de
mille mouvements confus. Il embrassa Blanc-
Julien, et, naïf encore, il lui avoua qu'il connaissait son sexe.

—Garde-moi le secret, lui répondit la jeune
personne : demain, pendant la récréation,
nous nous promènerons à l'écart, et je te con-
terai cela.

— Je te jure un secret éternel, répondit

Aumaire. N'aie pas peur que je fasse part à personne de ma bonne fortune !

Le reste de la nuit ne fut pas d'une aussi grande innocence que le commencement ; mais, comme il y avait de la lumière, et un garçon veilleur, il ne se passa rien d'essentiel.

Le lendemain, l'heure de la récréation fut impatiemment attendue. Enfin, elle arriva. Aumaire eut dîné en cinq minutes, mais il fut obligé d'attendre la fin de la lecture, pour sortir. Arrivé dans la cour, il refusa toutes les parties de balle, de sabot, de corde, de barres, de cligne-musette, de cheval fondu, qui se présentèrent : il joignit Blanc-Julien, et, prenant tous deux un air raisonnable, ils se promenèrent en causant, les mains derrière le dos, avec autant de gravité que leurs maîtres de quartier, et même que leurs régents.

« Je me meurs d'envie de savoir comment, étant fille, tu es en garçon, et au collège, dit Aumaire ; tu as là un singulier goût ! Je voudrais faire la fille, moi, s'il était possible,

pour ne pas être ici sous la férule, à me casser
les doigts et la tête.

— «Je vais te conter ce que je t'ai promis,
répondit Blanc-Julien. — J'ai toujours aimé
les occupations des garçons et détesté celles
des filles. J'avais un frère, qui est mort. Ma
mère en était inconsolable. D'abord, pour
charmer sa douleur, je me fis habiller avec
ses vêtements par ma bonne, et je vins cares-
ser ma mère, qui ne pouvait pleurer. J'at-
tendris sa douleur, elle versa des larmes, et je
lui sauvai la vie. Je me trouvai si bien avec
ces habits que, toujours sous le même prétexte, je suivis mon goût en les gardant. Au
bout d'un mois environ, que ma mère était
un peu plus tranquille, je me mis à lui dire :
« Chère maman, je veux te tenir lieu de gar-
« çon, et ma sœur Juliette sera ta fille. Je vais
« étudier au collège, cela te fera illusion. J'aurai
« des succès, car je me sens des dispositions,
« et tu retrouveras en moi, sinon le tout, du
« moins une partie de ce que tu as perdu. »

« Ma mère goûta cette idée. Elle me donna

un maître ; mes progrès furent rapides : en deux mois, j'ai été en état de venir au collége, où ma mère a consenti de me mettre, toujours pour calmer sa douleur. Tu vois que je ne réussis pas mal ; j'ai toujours les premières places, et je te fais avoir la seconde en composant adroitement pour toi.

« En arrivant ici, je fus d'abord étonnée de me trouver au milieu de tous ces polissons. Ils me déplurent beaucoup, mais je te vis, je te distinguai, je m'épris pour toi de l'amitié la plus vive. Toi, toi seul as calmé le chagrin que j'ai d'être fille, car nous pourrons un jour être mari et femme. Ne le veux-tu pas bien ?

« — De tout mon cœur, répondit Aumaire. Une épouse savante et pleine d'esprit comme toi me fera surmonter le dégoût que j'ai toujours eu pour les femmes, et qui m'est venu des petitesses de mes sœurs : car ce sont bien les plus frivoles femmelettes du monde entier. »

Le jeune homme espérait partager son lit avec Blanc-Julien la nuit suivante, mais il se trompa. Le maître de quartier, que les deux amis avaient impatienté par leur caquet la nuit précédente, les sépara et voulut mettre Blanc-Julien avec un autre. Elle s'en défendit, alléguant qu'elle n'avait pu dormir la nuit passée. Aumaire la seconda et offrit de lui céder son lit, ce qui fut agréé. Le lendemain, le jeune homme remercia Blanche de son refus de la veille, et lui dit qu'il était si jaloux d'elle qu'il aurait préféré de tout découvrir à la voir coucher avec un autre.

Mais cette conversation, qui se faisait comme celle de la veille, en se promenant, sans jouer, fut entendue d'un régent, qui était à une fenêtre basse. Il donna l'alarme dans le collège, c'est-à-dire au principal. On fit venir Blanc-Julien très secrètement; on l'intimida, elle avoua son sexe, et elle fut renvoyée.

Aumaire ne la vit plus; il ne lui avait même pas demandé son adresse, et Blanc-Julien avait peut-être eu ses raisons pour ne pas la lui donner, après ce que lui avait dit Aumaire, qu'il aurait découvert son sexe si elle avait partagé le lit d'un autre. En partant, elle ne vit personne.

Quelque mois après, Aumaire quitta le collège et fut envoyé à la Flèche, parce qu'il ne faisait rien à Paris : comme si le changement de lieu pouvait donner le goût de l'étude! Aumaire resta quatre ans à la Flèche; il en revint, prit ses inscriptions et fit son droit. Mais il avait un si grand dégoût pour le mariage, surtout depuis qu'il avait perdu Blanche de vue, qu'il parla d'entrer dans l'état ecclésiastique.

Ses parents y consentirent, à condition qu'il prendrait les ordres majeurs assez tard pour éviter le repentir. Aumaire fut tonsuré, fit son séminaire, et, devenu petit abbé, il fut employé comme clerc dans un couvent de religieuses.

Il était encore aussi polisson qu'un écolier; surtout, il aimait les fruits; il savait où était la serre de ceux du couvent, et sans cesse il grattait à la porte. Enfin, un jour, elle céda sous son doigt. Il en fut transporté d'aise, il entra dans la serre, et il était occupé à s'approvisionner, lorsqu'une jolie novice parut. Il faisait un peu obscur. Elle s'approcha de lui et ne pouvait manquer de le reconnaître. Mais, pour elle, sa guimpe, son bandeau, empêchèrent Aumaire de la remettre.

— Ah ! petit coquin, lui dit-elle, en déguisant sa voix, je vous y prends ! En avez-vous déjà beaucoup ?

— Plein mes poches.

— Prenez encore ceux-ci, mais vous ne sortirez pas que vous ne m'ayez embrassée.

La hardiesse de ce propos, le son de sa voix, que Blanche-Julie déguisa moins à cause de son émotion, la firent reconnaître à son tour.

— Ah ! c'est vous, mon cher camarade ! s'écria Aumaire. Quoi ! vous vous faites religieuse !

— Oui. Ce n'est pas que j'aime le cloître, mais je hais le monde.

— Et moi aussi. Je me fais prêtre.

— Êtes-vous engagé ?

— Non.

— Ni moi…. Mais on pourrait nous surprendre. Choisissons un autre moment, dans ce même endroit : j'aurai soin que la porte soit comme vous l'avez trouvée aujourd'hui. Adieu.

— Je veux mon baiser.

— Non, non.

— Je le prendrai.

Il le prit, le doubla, le tripla, le quadrupla, au point que la jeune novice, très émue et dont les sens n'étaient pas à l'épreuve d'une pareille attaque, sortit de la serre aux fruits avec une rose de moins.

Les deux amants eurent un second rendez-vous, qui se passait comme le premier, lorsque la maîtresse des novices entra dans la serre. Elle fit un cri de surprise, en voyant une de ses élèves dévorée par le lion rugissant.

Elle allait appeler au secours, lorsqu'elle reconnut Blanche. C'était sa chérie : elle voulut la ménager. Pour le petit abbé, elle le mit dehors en lui défendant de reparaître jamais dans l'église de la maison, et Aumaire se vit encore séparé de sa maîtresse, sans savoir où la retrouver, sans connaître ses parents, en un mot, n'ayant rien qui pût lui servir de renseignement s'il voulait songer au mariage. Ses supérieurs furent instruits de son escapade. On lui dit qu'il n'avait pas la vocation ; il en convint, rentra dans la carrière du monde, se fit passer avocat, prit du goût aux affaires, et, ayant perdu son père, il le remplaça en prenant sa charge de commissaire. Il oublia Blanche-Julie dans le train de ses affaires ; il la croyait religieuse. Au bout d'environ cinq à six ans, il lui prit envie d'aller s'informer d'elle à son monastère. Il était prêt à sortir, lorsqu'il entra un de ses amis, vieux routier en médecine.

— Ma foi, mon ami, lui dit le docteur, je viens de voir une belle malade qui se meurt. C'est en vérité dommage ! Voici sa maladie un couplet connu te la fera comprendre :

> La fille qui cause vos pleurs
> Est morte des pâles couleurs,
> Au plus bel âge de sa vie.
> Pauvre fille, que je te plains
> De mourir d'une maladie
> Dont il est tant de médecins!

— Il y a de la cruauté, docteur, à la laisser mourir

— Elle ne veut qu'un médecin, et ce n'est pas moi. Je soupçonne que c'est un amant aimé, et qu'il y a je ne sais combien de causes de sa maladie. Un de mes confrères fort habile dans ce genre-là, M. Alphonse Leroi, la traite de vapeurs hystériques. M. Bourru dit que c'est la jaunisse. M. de Longrois, que c'est du chagrin. Et moi je dis que c'est de l'amour malheureux.

— Tous les hommes sont intéressés à la cure de cette belle malade ! Mon ami, ne pourrais-je la voir ?

— Volontiers. Ton costume est le noir, comme le nôtre. Je t'emmènerai ce soir, comme un de mes confrères ; nous vérifierons ainsi plus d'une situation de comédie : à cela près que tu n'es pas un amant.

— Je ne saurais l'être, puisque je n'ai jamais vu ta malade : mais je ne sais pourquoi elle m'intéresse, et très vivement.

— Parbleu ! attends jusqu'à ce soir ! Faut-il y retourner à l'instant ?

— Ma foi, oui. Je brûle d'impatience.

— Allons donc. Je vois que je t'oblige, et quand j'oblige, ma maxime favorite est de ne pas différer.

— C'est une brune ?

— Une brune.

— Ni grande ni petite ? Faite au tour ?

— On dirait que tu la connais.

— Elle se nomme !

— Mademoiselle Bonlo.

— Je ne la connais pas. Mais allons-y, tu diras que j'ai une recette pour sa maladie.

*
* *

Les deux amis partirent. La maison de

madame Bonlo n'était pas éloignée; ils y furent en quelques minutes.

La mère de la demoiselle, en revoyant le médecin, lui demanda si sa fille était en danger?

— Au contraire, Madame, je vous amène un de mes amis qui se flatte de la guérir. Il faut nous conduire auprès d'elle sur-le champ.

Madame Bonlo appela Juliette, sa fille cadette, pour conduire les deux médecins auprès de sa sœur aînée.

Le médecin, en qualité d'introducteur, entra le premier.

— Mademoiselle, voici un très habile homme que je vous amène.

— Je n'ai besoin de personne, Monsieur, et vos soins me suffisent.

Le son de sa voix frappa vivement Aumaire. Il s'avança tout près de la malade, qui tournait la tête en ce moment du côté de la ruelle.

— Daignez me regarder, Mademoiselle, lui dit-il.

A ces mots, Blanche poussa un cri perçant et s'évanouit.

— Peste ! dit le médecin à son prétendu confrère. Comme tu es efficace ! Serais-tu un basilic ?

Cependant Juliette, effrayée, faisait respirer des sels à Blanche, qui reprit enfin connaissance. Aumaire, qui l'avait reconnue, vit bien à l'émotion qu'il lui venait de causer, qu'il en était encore aimé. La situation de cette belle personne le toucha ; il n'avait eu jusqu'alors que du goût pour elle il en devint amoureux; Blanche lui tendit une main. Il se mit à genoux devant son lit, et lui témoigna sa joie de la voir dans les termes les plus vifs.

Madame Bonlo, avertie par Juliette, entra dans ce moment.

— Qu'est ce donc? Monsieur, dit-elle au médecin.

— Madame, c'est à mon ami à vous l'expliquer. J'ignorais, en l'amenant chez vous, qu'il connût mademoiselle, et je crois qu'il l'ignorait lui-même. Du reste, je viens de voir de effets surprenants, dont j'ignore la cause.

— Monsieur va donc m'instruire? reprit madame Bonlo, en s'adressant à Aumaire.

— Oui, Madame. Je réponds de la vie et de la santé de mademoiselle, si vous me la donnez en mariage.

— Monsieur, si j'avais l'honneur de connaître à qui je parle, je pourrais vous répondre.

— Je suis d'une famille honnête. J'ai une charge de commissaire au Châtelet.

— C'est M. Aumaire, Madame, dit le médecin.

— Monsieur jouit d'une bonne réputation, en effet, reprit madame Bonlo, mais ma fille connaît monsieur ?

— Oui, maman.

— Je ne prendrai qu'un peu de temps, Monsieur, pour les réflexions indispensables, et causer là-dessus avec ma fille.

On ne parla ensuite que de la maladie de Blanche, et, quand la visite eut duré assez longtemps, les deux médecins, celui du corps et celui du cœur sortirent ensemble.

— Parbleu ! voilà une scène de comédie ! s'écria le médecin du corps. Je veux donner cette histoire à Restif de la Bretonne. Il en fera une bonne Nouvelle.

— Ne te presse pas, lui répondit Aumaire : je suis plus en état que toi de lui donner l'histoire de nos amours, à Blanche-Julie et à moi. Tu les ignores, excepté un trait. Te souviens-tu de ce camarade qui partagea mon lit quand la rougeole prit un des nôtres, au collège ?

— Oui, le jeune Blanc-Julien.

— Hé bien, c'est la mademoiselle Bonlo que nous venons de voir.

— Ah ! parbleu. Vous étiez grands amis ! Je je ne m'étonne plus de son évanouissement. L'amitié est devenue de l'amour. Excellente histoire, mon cher !

— Mais tu ne sais pas tout encore. Ainsi, ne succombe pas à la tentation de l'envoyer. Je m'en charge, d'ailleurs. Il faut attendre le dénouement, c'est-à-dire notre mariage.

— Tu as raison.

Dès le lendemain, Aumaire retourna chez madame Bonlo. Il présuma qu'étant aimé de Blanche, son empressement l'obligerait. Mais il fut reçu assez froidement pour la mère et il en témoigna de l'inquiétude.

— Ma fille ne veut pas se marier.

— Permettez que je lui parle?

— Volontiers. Mais elle est pire, et je crains que votre visite imprévue d'hier ne lui soit fatale.

Aumaire entra auprès de Blanche, qui le reçut tendrement, mais avec beaucoup de tristesse. Madame Bonlo les laissa emsemble. Aumaire demanda pour lors à la malade comment elle avait quitté le couvent?

— Je fus renvoyée après que nous eûmes été surpris, comme n'ayant pas de vocation, mais on n'en a rien dit à ma mère. Depuis ce temps, j'ai presque toujours été malade; surtout aux mois d'août et de septembre. Je ne sais d'où vient mon indisposition; elle est d'une nature singulière. Elle me vient ordinairement après plusieurs nuits que j'ai beau-

coup pensé à vous, et à ce qui s'est passé
dans la serre aux fruits. Les hommes que je
vois me déplaisent après les avoir vus, mais
lorsque ma mère me proposait un parti, toujours il me semblait que je l'aimerais. J'accep-
tais sans hésiter; il venait, et il me déplai-
sait. Pour vous, ce n'est pas la même chose.

— Ah ! ma chère Blanche ! je vous adore !
Consentez que je devienne votre mari.

— Que me demandez-vous, dans l'état où
je suis ? Je crois que j'ai manqué ma vocation.
Je devais être religieuse. Soyez sûr que, lors
de ma faiblesse qui m'est arrivée, j'étais en-
traînée par un pouvoir au-dessus du naturel.
Oui, je fis ce que vous savez malgré moi :
un démon m'y porta visiblement.

— Ce démon n'était que votre excellente
constitution, et notre ancienne amitié.

— Non, je ne puis consentir à vous em-
barrasser d'une malade.

— A laquelle je réponds de sa guérison ; il
le faut. Et voyant la mère :

— Madame, aidez-moi, je vous en prie, à la

déterminer. Je connais sa maladie; je serai
son médecin; j'ai ce qu'il faut pour cela :
beaucoup d'amour.

— L'amour, Monsieur, dit madame Bonlo,
ne guérit de rien.

— Pardonnez, et je vous réponds de votre
chère fille.

Madame Bonlo vit tant d'assurance dans les
yeux du commissaire qu'elle se douta enfin du
genre de maladie de Blanche. Elle se rendit,
et, plus empressée qu'elle ne le voulut paraître,
ce fut elle-même qui détermina sa fille aînée
au mariage.

Blanche adorait Aumaire, et c'était par dé-
licatesse qu'elle le refusait. Mais sa mère
ayant enfin su au juste ce qu'il fallait à la
belle malade, elle devint la complaisance
même pour Aumaire, qui eut la liberté de
voir sa maitresse à toutes les heures. On
ignore ce qui se passa entre les deux amants.
Blanche alla mieux de jour en jour après
quelque visites. Elle devint brillante, gaie. Un
coloris demi rosé anima les lis de son teint,

qui prit une blancheur plus pure. Le mariage
se fit.

*
* *

La nouvelle mariée était la femme la plus
provoquante qu'il soit possible de voir. C'était
plutôt des désirs que de la tendresse qu'elle
inspirait. Son mari était un homme bien con-
stitué ; il connaissait la complexion de sa
femme, et il s'appliquait à la satisfaire. Naturellement, ce n'était pas de l'amour platoni-
que qu'il avait pour elle : c'était du physique,
qui fut encore excité par la manière emportée
dont Blanche y répondait.

Les commencements de ce mariage furent
très heureux. Idolâtres l'un de l'autre, les deux
époux ne pouvaient se quitter. Le tour, la
mise voluptueuse, les grâces de Blanche habil-
lée, faisaient que le mari ne se contentait pas
des nuits ; il se donnait la satisfaction de con-
tenter le jour tous les sens à la fois, et la
vivacité de sa passion embellissait Blanche,
en contribuant à sa santé. Mais son empor-

tement nuisait à ce qui aurait pu conserver le
goût, en donnant quelque relâche aux plaisirs :
elle ne devint pas mère.

Au bout de l'année, la passion de l'époux
se ralentit peu à peu ; et, le moral de l'amour
ne remplaçant pas le physique, celui-ci dimi-
nua tout naturellement, par l'épuisement des
moyens. Blanche-Julie, négligée, était prête
d'avoir une rechute. Mais son amour avait
suivi la marche de celui de son cher mari. Elle
ne regardait plus tous les hommes avec in-
différence, avec dégoût. Au contraire.

Elle était dans ces dispositions, qui ne ten-
daient pas à la cruauté. Elle languissait un
peu, et n'en était que plus intéressante quand
son médecin revint la revoir.

— Qu'est-ce donc, belle dame ! de la pâleur !
des bâillements ! Est-ce qu'Aumaire.... Ah !
parbleu ! il faut que je lui parle. Est-il là ?

— Oui, dans son cabinet.

Le docteur se leva pour y aller. Blanche-
Julie fut curieuse de savoir ce que le docteur
pourrait dire à son mari, et quel genre de

reproches il allait lui faire. Elle le suivit à petits pas et, lorsqu'il fut entré, elle se tint sans souffler à la porte du cabinet.

— Bonjour, l'ami. Ta santé ?

— Assez bonne, depuis que je me donne un peu de relâche. J'étais trop amoureux de ma femme ; je me tuais.

— Cela aurait pu arriver, mais elle s'en porte plus mal. Il faut que cette dame-là ait un terrible tempérament ! si elle s'était faite religieuse, elle n'aurait pas été trente ans. Il faut tâcher de la rendre mère : cela te reposera, et diminuera pour elle les effets de la continence.

— Le moyen ? Elle est trop vive.

— Ma foi, en ce cas, je crains une rechute. C'est une femme qui ne veut pas être négligée.

— D'honneur ! ces femmes-là sont fatigantes. J'aimerais mieux à présent une Parisienne ordinaire, froide et coquette.

— Tu n'as pas toujours dit cela.

— Je croyais qu'il y aurait une fin.

— Il faut tâcher qu'elle devienne enceinte, mon ami. Pas d'autre moyen. La grossesse calmera tout cela, ou du moins rendra la privation sans aucun danger.

— Est-ce que ses vapeurs la voudraient reprendre ?

— Oui. Je viens d'en voir quelques symptômes.

— Tant pis. Je vais te faire un aveu. Je suis devenu amoureux d'une petite personne de mon voisinage. Elle a cédé : c'est une enfant délicieuse.

— Messire Aumaire, gare les représailles ! je vous en avertis. Votre femme, pour être fidèle, doit être exactement servie. Vous ne suffisez pas tout entier, et vous vous partagez.

— Que veux-tu ? on se lasse de tout.

— Mais votre femme est charmante.

— Sans doute, sans doute, mais la petite est si jolie !

Ta maladie, mon ami, rend celle de ta femme plus dangereuse encore, et si elle venait à savoir, ma foi, cette découverte serait mortelle pour ton honneur !

— Je compte sur ta discrétion.

— J'y suis obligé, comme médecin, et je m'en fais un devoir comme ami. D'ailleurs, je suis sans intérêt. Plus constant que toi, j'aime ma femme, et je ne serai pas tenté de profiter de ta confidence.

Un mouvement du côté de la porte, que fit le médecin, obligea Blanche-Julie à se retirer. Elle revint dans son appartement, où elle se mit à réfléchir. L'infidélité de son mari, son insensibilité à ses besoins, la mirent en fureur. Elle résolut de l'en punir en femme injustement, inhumainement outragée. Non qu'elle se proposât clairement de manquer au principal de ses devoirs, mais elle avait un désir vague et très vif de le punir. Elle jeta un coup d'œil sur ses connaissances, et chercha un homme capable de lui donner une véritable jalousie : mais les hommes *puissants* sont si rares à Paris qu'elle n'y vit rien qui répondît à ses vues. C'étaient ou des fantômes amaigris, ou des pantins, ou des bavards, ou des hommes trop occupés pour s'intéresser sérieusement à une femme. Elle consulta son médecin.

— Que faut-il que je devienne? Qui peut me retirer sans crime de l'état affreux dont les approches s'annoncent?

— Un mari tout entier, ou bien ces moyens médicinaux qui ravagent, anéantissent la constitution la plus robuste, en mettant dans l'atonie les organes essentiels de la vie.

— Alors, le crime ou la mort?

— Non, non. Je parlerai à votre mari.

Le docteur lui parla, mais Aumaire était malade lui-même, il était amoureux. Ce fut en vain. Blanche empirait; elle perdit non sa vertu, mais sa raison qui s'altéra. Elle ne voyait que son objet, et, dans son délire, elle fit un raisonnement:

— Au fond, qu'ai-je besoin d'aimer? Pour me préparer des chagrins? Pour languir encore et risquer ma vie si un infidèle juge à propos de me trahir? Je ne veux que con-

server ma santé, le reste m'importe peu.
J'ai aimé longtemps, j'ai souffert. Voilà
tout, n'aimons plus et vivons pour moi seule.
Un gaillard robuste, grossier, incapable de
ressentir et d'inspirer de la tendresse, voilà ce
qu'il me faut.

Après ce déraisonnement, Blanche-Julie,
qui commençait à retomber dans ses vapeurs,
vit au coin de la rue un gros garçon, natif
d'Auvergne, ayant un teint pur, l'œil vif, la
taille un peu trapue, mais carrée, et elle entendit qu'il disait à un de ses camarades :

— Que voilà une dame qui a la jambe bien
faite !

— Je lui inspire des désirs, pensa-t-elle.
Voyons un peu quel fond je puis faire sur
sa discrétion.

Blanche-Julie se retourna et lui sourit. Le
jeune garçon devint rouge comme du feu.
Madame Aumaire fit le tour et revint au
même endroit. Labranche (c'était le nom
du crocheteur auvergnat) était seul en ce
moment.

— L'ami, lui dit la belle, suivez-moi de loin et entrez où vous me verrez entrer.

Elle le précéda.

*   * *

En arrivant chez elle, madame Aumaire, qui savait l'allure de son mari, découvrit qu'il était chez sa petite. Elle fit entrer le crocheteur dans son appartement, et là, elle lui demanda ce qu'il avait dit deux ou trois fois, lorsqu'elle avait passé.

Le pauvre garçon, tout tremblant, se mit à lui demander pardon.

— Il ne s'agit pas de tout cela, répondit Blanche. Vous ne m'avez pas offensée, au contraire, et je vous veux du bien. Où logez-vous ?

Il le dit. C'était avec plusieurs camarades.

— Il faut prendre une chambre seule. Je vous ferai gagner de quoi la payer, et au delà.

— Vous êtes bien bonne, Madame.

— Voilà trois louis. Louez une chambre,

achetez un petit lit, et informez-moi demain de ce que vous aurez fait.

Labranche sortit, au grand regret de Blanche, que sa fureur rendait provocante jusqu'à l'indécence, et il fit ce qui lui était recommandé. Il loua une petite chambre obscure, dans une cour de la rue de la Bûcherie, y mit un lit assez propre, ce qui employa plus que l'argent donné, et vint rendre compte de tout à madame Aumaire. Elle voulut voir la chambre de l'Auvergnat, et lui dit de l'attendre sur la porte de l'allée. Quoiqu'elle fût fort mal, elle sortit seule, et, ayant aperçu Labranche, elle se glissa dans l'allée, couverte du coqueluchon de son passepoil. Elle fut très contente de la chambre, quoique obscure, parce qu'on ne pouvait y être vue. Elle donna dix louis à Labranche pour achever de la meubler. Ensuite, sentant son mal augmenter, elle s'assit sur le lit et pinça Labranche au bras.

— Ma foi, Madame, lui dit-il, si vous me pincez, je vous embrasserai.

Il l'embrassa. Blanche émue, hors d'elle-même, tourmentée par son mal, ne résista pas, au contraire.... Et elle sortit presque guérie.

Le lendemain, et les jours suivants, l'Auvergnat compléta la cure. De sorte que, si Blanche-Julie retourna dans la chambre, ce ne fut que pour prévenir les rechutes.

Mais elle avait des inquiétudes et surtout des remords dévorants. Elle craignait l'indiscrétion du crocheteur, qui en agissait fort librement avec elle, et qui se donnait les airs de la gronder quand elle se faisait trop attendre, car il avait pour elle un amour physique qui tenait de la rage. Blanche songea donc à prendre toutes sortes de précautions pour se bien cacher. Une des premières, et celle qui lui parut la plus importante, fut de surprendre son mari et d'ébruiter son aventure, afin qu'on l'excusât à demi si on venait à découvrir quelque chose. Elle s'appliqua ensuite à imposer un peu à l'Auvergnat. Elle lui donna des craintes aussi vives que les siennes, en lui faisant entendre qu'il serait perdu s'il était découvert. Elle le rassurait après l'avoir effrayé en lui faisant envisager que, s'il ne se trahissait pas lui-même, il serait heureux toute sa vie. Elle l'avertit surtout de prendre garde à s'enivrer. Ce fut peut-être ce qu'elle dit de trop, car Labranche n'était pas ivrogne, et elle lui fit songer à employer ce moyen quand il voudrait la mortifier.

Une nuit, Blanche, bien instruite de l'endroit où son mari la passait, fit en sorte de réunir plusieurs de ses amis et des siens. Sa mère et sa sœur furent de la partie, sans être du secret. On alla dans la maison où demeurait la petite. Un ami d'Aumaire, qui n'était pas fâché de faire sa cour à Blanche, frappa doucement : on ouvrit sur-le-champ, parce qu'on attendait le traiteur.

— Je me trompe, dit l'ami.

Aumaire, qui l'aperçut, voulut se cacher.

— Mais, s'écria l'autre, je crois voir là.....
Oui, c'est mon ami Aumaire. Eh ! comment te portes-tu ? Que fais-tu ici ?

— Je suis en visite de jour de l'an, et la mère de mademoiselle me retient pour faire les Rois.

— Parbleu ! j'en serai, s'il n'y a pas d'indiscrétion.

— Aucune, mon ami, si j'étais le maître.

— Monsieur ne sera pas de trop, dit la mère en croyant être polie.

— J'accepte, Madame, avec le plus grand plaisir. Voilà une jolie personne, Madame.

— Vous êtes bien bon. Elle est comme une autre.

— (*Bas à Aumaire.*) C'est ta maîtresse, je gage ?

— Moi ! je n'ai pas ce bonheur-là.

— (*Toujours bas.*) Si, si. Elle est charmante. (*Haut.*) Je vous félicite, Mademoiselle. Vous avez un galant homme. Mon ami est aimable, riche et surtout honnête.

— Tu vois bien qu'il le sait, mon ami, dit la petite en se jetant au cou d'Aumaire, qu'elle embrassa.

Le traiteur arriva dans cet instant.

— Mon Dieu ! Madame, dit-il, qu'est-qu'çà veut donc dire ? Y a tout plein d'monde su'vot'escayer.

Aumaire pâlit.

— Ne t'effraie pas. C'est un *tel*, un *tel*, un *tel*, un *tel*, quatre de tes amis. Nous avons su que tu avais mademoiselle, et nous avons fait la partie de venir en soupant avec toi.

Les quatre amis entrèrent.

— Bonsoir, l'ami, bonsoir.

Aumaire se fût bien passé de cette visite. Cependant, le souper était servi. Les mets étaient délicats. La mère de la petite mit des couverts.

— Encore trois, Madame, lui dit un des hommes.

Elle les apporta.

— Entrez, Mesdames, dit-il alors en allant à la porte une serviette sur le bras. Vous êtes servies.

Madame Aumaire, sa mère et la petite Juliette parurent. Le pauvre mari était dans un cruel embarras. Sa femme alla l'embrasser en riant et se mit à table. Sa mère, qu'elle avait prévenue sur la conduite à tenir, en fit autant. On mangea, on rit, on se divertit. Blanche-Julie embrassa deux fois la petite, à côté de laquelle elle s'était mise, de sorte que cette enfant était entre le mari et la femme. Tout le monde admira la conduite de madame Aumaire, et lorsque quelques mots allèrent au reproche, à l'égard du mari, elle les fit cesser. Elle ne dit que des choses agréables à l'homme qui trahissait, à la petite fille sa rivale, à la mère de cette jeune infortunée. Madame Bonlo n'était pas aussi tranquille, mais elle dissimulait. Quant à Juliette, elle ne pouvait revenir de son étonnement. On sortit comme on était entré, sans qu'il y eût un mot désagréable de lâché.

Aumaire donna le bras à sa femme et passa la nuit avec elle, sans qu'elle ouvrît la bouche sur ce qui venait de se passer. Elle avait ses raisons, mais le mari les ignorait. Il fut si touché de la conduite de Blanche-Julie, lorsqu'il vit plusieurs semaines

écoulées, sans que ni elle ni sa mère ni personne de ses amis lui disent un mot de reproche, qu'il se reprit d'amour pour elle. Il
quitta sa petite maîtresse. Blanche l'ayant su
prit soin de cette enfant, que sa coupable mère
eût achevé de perdre, et, reprenant pour son
mari les mêmes sentiments qu'il avait repris
pour elle, cette femme singulière saisit avec
empressement l'occasion de rentrer dans son
devoir. Elle cessa de voir son Auvergnat le
même jour que son mari quitta sa maîtresse.

*
* *

Labranche fut très étonné. Il la crut malade.
Il s'informa; il apprit qu'elle se portait bien.
Furieux de jalousie, il résolut de ravoir une
femme pour laquelle il éprouvait les désirs
les plus emportés ou de périr. Il suivit ses
démarches et tâcha de la joindre seule. Mais
elle s'en aperçut. Elle lui fit dire qu'il restât
tranquille, s'il était sage; qu'au reste, elle
aurait soin de lui.

Labranche dissimula et promit. Cependant, il continua d'observer toutes les démarches de la belle. Enfin, un soir, comme elle passait dans la rue de la Bûcherie, seule, à dessein de lui dire un mot de consolation, il l'aborda vis-à-vis sa porte et la pria d'entrer un moment. Elle y consentit, à condition qu'elle ne resterait qu'un instant.

— Je suis bien avec mon mari. J'aurai soin de vous, soyez tranquille.

Lorsqu'elle fut dans la chambre, l'Auvergnat ferma la porte à clef en dedans et se jeta sur Blanche, qui se défendit. Elle allait cependant céder pour ne pas faire amasser de monde, lorsque Labranche, qui ne s'y attendait pas, la traita si brutalement qu'elle fut obligée de crier au secours. Tout le voisinage s'amassa. Les commères de la populace disaient :

— Bon ! bon ! c'est une demoiselle de la rue Saint-Honoré, qui vient coucher avec ce crocheteur si bien arrangé. Elle l'entretient. Dame ! il a bu, car il n'a bougé du cabaret d'aujourd'hui, et il la bat. On n'a pas toujours du plaisir en ce monde, et la vie est mélangée.

Cependant, les cris continuaient. On alla chercher la garde. Un commissaire éloigné fut mandé, celui du quartier étant absent. On arrive, on enfonce la porte. Pendant cette opération, le commissaire écoutait les propos des femmes du peuple :

— Y a plus d'six mois qu'a vient tous les soirs.

— Oh! v'là trois s'maines qu'a n'venait pus.

— All'est ben jolie, ma foi.

— Moi, j'ai jamais vu sa mine, tant all'était encoquluchounée.

— Moi, j'l'ai vue, un soir qu'a sortait d'la chambre. All'était rouge !

— Dame ! c'est qu'all'avait du rouge. Ces demoiselles-là s'en mettent.

— Qu'non pas ! C'était d'autre rouge !

Et ainsi de suite.

La porte ouverte, on trouva Julie échevelée, le crocheteur comme un enragé. La garde le saisit. La dame alors, jetant les yeux sur le commissaire, reconnut... son mari.

Cependant, elle eut la présence d'esprit de le tirer à part, avant qu'il la remit.

— Je suis votre femme, lui dit-elle tout bas. Songez à votre honneur.

Aumaire, atterré, resta d'abord interdit. Il dit ensuite à sa femme de se couvrir le visage. Il la fit conduire chez lui. Arrivé à la porte de l'étude, il dit tout haut :

— Je connais cette dame, je vais l'envoye auprès de mon épouse. Faites retirer tout ce monde. Elle veut un référé.

La garde écarta la foule. Madame Aumaire remontée chez elle, en descendit un instant après en déshabillé, comme une femme qui n'était pas sortie de chez elle, pour dire à son mari :

— Je connais la dame, je viens de la renvoyer chez elle par la porte de derrière.

La garde ne s'en occupa plus, mais elle tenait le crocheteur.

Aumaire monta auprès de sa femme, pour prendre des informations.

— Que veut dire cette aventure Madame?

— Qu'un Auvergnat m'a prise pour une femme dont il est payé, à ce que j'ai pu comprendre. Il est gris. Je passais devant sa porte, en revenant de chez mes raccommodeuses de dentelles; il m'a enlevée dans ses bras, comme une plume, en me disant :

— Ah ! te voici donc enfin !

— J'ai crié, mais on riait dans la cour au lieu de venir à mon aide. Il m'a enfermée avec lui, il voulait me faire violence : je me suis défendue. J'ai crié de toutes mes forces, et vous êtes arrivé avec la garde.

— Il faut faire punir ce misérable.

— Intimidez-le seulement. Une punition me ferait tort.

Le mari crut facilement tout cela. Il se fit amener Labranche et lui dit :

— Rends grâces à ma femme. Elle a intercédé pour toi.

Ensuite, il le menaça d'une punition exemplaire, si jamais il osait commettre une pareille insolence envers qui que ce fût. Le crocheteur effrayé garda le silence, et s'en retourna chez lui dès qu'on l'eut lâché.

Quant à Blanche-Julie, elle devint grosse, et ce fut le terme de ses vapeurs. Comme elle n'était pas réellement corrompue, elle s'en tint à son mari, lorsqu'il s'en tint à elle. Il eut bien quelques soupçons au sujet du crocheteur ; il épia et fit épier sa femme, mais jamais il ne la retrouva en faute, parce qu'elle n'y retomba plus. Quant à Labranche, il s'en retourna en Auvergne, intimidé par les menaces de Blanche-Julie.

Tout cela s'est su néanmoins. Mais les héros de cette histoire n'ont plus rien à craindre par des raisons de la plus grande force : ils ne sont plus.

RESTIF DE LA BRETONNE.

V

ANECDOTES PLAISANTES

ET

MENUS PROPOS

'EUSSE oublié ceci, si je n'y eusse
pensé. La bonne femme Baudouin
mariait sa fille, et, l'ayant fiancée,
vint au soir le notaire qui avait
passé le contrat, qui disait que tout était
bien.

— Mais, dit-elle, il faut des bans; je vous
prie de me les écrire.

— Il y faut parler au clerc.

— Julian, mon ami, puisque monsieur le

notaire le veut, écrivez, je vous prie, qu'il y a promesse de mariage entre Pierre du Pin et la fille de chez nous.

Ce gars écrivit ce qu'elle dit, et le lui bailla. Elle porta son fait au curé, qui le mit en sa ceinture.

Le dimanche matin, publiant ses bans, il dit : Il y a promesse de mariage entre Pierre du Pin et la fille de chez nous. (Oh, oh! n'est-ce pas, Saint-Jean, qu'il n'y en a point?) Chacun s'en riait, comme on fait au conclave quand on a élu un pape.

Je les vis fiancer. Ainsi que le curé les eut fait toucher en la main, il prit un verre et fit boire le fiancé. Or, ce fiancé avait eu la fièvre qui lui avait ch... au bec, si que sa bouche était un peu galeuse. Le fiancé ayant bu, le curé présenta ce verre à la fille qui, le tenant, jeta ce qui était de dans, et le tourna.

— Quoi? dit le curé, ma mie, vous ne voulez pas boire?

— Sauf votre grâce, Monsieur, s'il vous

plait, donnez-m'en deux doigts dans le cul.
Elle entendait le cul du verre.

BÉROALDE DE VERVILLE.

* * *

POUR QUELLE RAISON LES FEMMES PORTENT DES
CROIX A LEUR COL.

Tabarin. Pour quelle raison est-ce que les
femmes portent ordinairement des croix pen-
dues en leur col?

Réponse. Cette coutume est pratiquée de
longtemps, comme une chose pieuse; tu sais
que les femmes sont de soi très dévotes, et
qu'elles aiment à porter avec soi les marques
de la dévotion, et d'autres ne le font que par
ostentation et pour se parer et faire davantage
paraître le lustre de leur beauté.

Tabarin. Vous n'avez pas pénétré au fond
de la besogne. N'avez-vous jamais vu, aux
grands chemins, des croix qui montrent aux
passants la route qu'ils doivent tenir?

Réponse. J'ai remarqué cela en plusieurs endroits, et le plus souvent telles croix ne servent que d'adresse aux passagers voyageurs.

Tabarin. Vous en devez estimer de même de ces croix que portent les femmes ; ce n'est que pour enseigner le grand chemin par où il faut passer pour descendre en la vallée de Vénus.

TABARIN.

* *

DU GENTILHOMME QUI COUPA L'OREILLE A UN COUPEUR DE BOURSES.

En l'église de Notre-Dame de Paris, un gentilhomme, étant en la presse, sentit un larron qui lui coupait des boutons d'or qu'il avait aux manches de sa robe, et, sans faire semblant de rien, tira sa dague et prit l'oreille de ce larron, et la lui coupa toute nette, et, en la lui montrant : « Aga, dit-il, ton oreille n'est pas perdue, la vois-tu là ? Rends-moi mes boutons et je te la rendrai. » Il ne lui faisait pas mauvais parti, s'il eût pu recoudre son oreille, comme le gentilhomme ses boutons.

BONAVENTURE DESPÉRIERS.

* *

« Il n'y a pas longtemps une très belle, honnête et grande dame que j'ai connue, allant ainsi solliciter son procès à Paris, il y eut quelqu'un qui dit : « Qu'y va-t-elle faire? elle le perdra, elle n'a pas grand droit. — Eh, ne porte-t-elle pas son droit sur la beauté de son devant, comme César portait le sien sur le pommeau et sur la pointe de son épée ? » — Ainsi, se font les gentilshommes cocus au palais, en récompense de ceux que messieurs les gentilshommes font sur mesdames les présidente et conseillères. »

BRANTÔME.

TABLE